An Experiential Poem

Psalm of Babylon

Tendo Taijin

Shichigatsudo

With thanks and friendship

To Ali Al-Shalah, and to Tobias and Jona Burghardt

長編詩　バビロン詩編

天童大人

長編詩　バビロン詩編

スースースー
ウーウーウーウー

アーーオーーウーーエーーイーー
アーーオーーウーーエーーイーー
アーーオーーウーーエーーイーー

突然　鳴る　ドイツの詩人で友人トビアス・ブルクヘルト
からの電話はいつも国際詩祭への誘いだった

二〇一二年三月の電話はイスラム国（ＩＳ）と紛争中
のイラク・バビロンで仲間の詩人アリと共同で国際詩祭
を創立するので参加してもらいたいと言って来た

数日後　バビロンから直に電話があり
日本とイラクとの友好の為に是非来て欲しい
と久し振りに聴くアリの強い聲で要請された
が変更できない先約があり
来年の第二回には必ず行くと約束した

その頃イラクでは日本人が人質事件で殺害されており
イスラム国（ＩＳ）との血腥い報道が増えていく

ＦＢでイラクからは路上に放置された遺体の脇
を通行人が平気で歩いていたり
断首された頭が屋敷の柵に串刺しで並んでいる
動画が流されてきて不安が増していく

二〇一三年四月中旬
イラク入国のビザは問題ない
日本政府も大使館も関係ない
航空券は第二回バビロン国際文化・芸術詩祭
の事務局がすべて手配したとバビロンからメール連絡

早速　東京のイラク大使館領事部
に　問い合わせると
つたないニホン語を話す女性
がイラク入国にはビザが必要

料金は四十ドル　期間は三日と答えた

念のため日本外務省の海外安全ホームページを検索
すると安全対策基礎データの査証、出入国審査等の一に

イラクに入国するには、査証（ビザ）が必要です。駐日イラク大使館又は海外にある
イラク大使館で査証申請が可能です。なお、イラク国内（空港）到着時の査証（On
Arrival Visa）取得はできませんと明記

直に外務省に問い合わせると邦人テロ対策室に回され
Aと名乗る男が
バグダット国際空港とバビロン地帯はレッド・ゾーン
宿泊するホテルはどこか？
同行する警備会社の名前は？　と矢継ぎ早に問われたが
招待のため　何も知らされず　何も答えられない

貴方にもご家族がおありで心配されませんか
イラクに渡航することを自粛されませんかとも
言われ数日後の四月十九日　一通の渡航中止勧告メール
が外務省領事局邦人テロ対策室から届いた

詩人仲間が新しくイラク・バビロン
で国際詩祭を創立する志に協力し日本とイラクと
の友好のために寄与できることは名誉なこと
国に行くなと言われてもこれは詩人同志の二年越しの約束

Eメールで届いた正式の招待状と航空券
の出発日時は一日後の五月二日　朝 十一時五十五分
成田発トルコ・イスタンブール経由
イラク・バグダッド行

成田空港 第一ターミナル・南ウイング
に在るトルコ航空の出発カウンターの女性
がパスポートを捲りながらビザ
はとの問いに首を振るとお待ちください
とパスポートとバビロンからの招待状
とを持って何処かへ消えた

十数分後　戻ってきた女性は一枚の誓約書
と書かれた紙を差し出した

誓約書

トルコ航空殿

私は下記記者航空便への搭乗にあたり
書類不備［性、名違］につき

生じた損害について一切ご迷惑をおかけしません。

＊ＶＩＳＡなし
＊パスポートの残存期限　ヶ月
＊帰りの航空券無し　の下に（性・名違）と
手書きで書き加えられている

下記記者航空便への搭乗とはなにか
ビザが無いのになぜ「性、名違」と手書きで処理できるのか
読んだあと腑に落ちないが出発時間が迫っていたので
旅客氏名　住所　搭乗便／日付　出発地　目的地
座席番号を書き　旅客氏名欄に署名して日本を出国した

外務省もトルコ航空もビザが無く　出国出来ても
イラクには入国出来ず帰国する時の予防線なのか

経由地イスタンブール空港十八時五十分着
トランジットの入口に向かう狭い通路で
シリアへ行く同乗していた若者
と二言三言話して左右に別れた

アタチェルク空港

トルコ・イスタンブール入国から

イラク・バグダッドへ向けて出国
するまで乗り継ぎの十時間余り
滞在するアタチェルク空港内は
東京のラッシュアワー並みに
早足に行きかう人　ひと　ヒトの
耳に馴染みのない多くのコトバと
目が追いつかない色彩豊かな衣装
嗅ぎ慣れない様々な香りに満ち溢れ
活気ある空港内を隅から隅まで歩き回り
世界の人々が自由に往来し集い離散する場
を肌で感じるトルコの秘めた底力

この旅人たちのエネルギーは
昨日の日本の成田空港の出国ターミナル
の何処にも人の気配が少なく

売り子も手ぶらでまったく活力が感じられない
閑散としたショップばかり
本当にこれが二〇二〇年オリンピック開催
を願っていた国の姿か

開催を裏金で買い取ったと噂される国　日本

今のトルコを古のオスマントルコ大帝国
へと夢見ていた為政者
もクーデター騒ぎで今後どう変化するのか

オリンピックを東と西との文明の出会いの場
トルコで開催出来ない事が今の世界の現実
しかし　今こそこの理念は本当に世界で重要なテーマ

空港内で待ち合わせのラウンジを探していると
ドイツからのヨナとトビアス夫妻と出会った
彼らもドイツ外務省からイラク行きを自粛勧告されていた

二〇〇六年七月　ベネズエラの第三回カラカス国際詩祭
以来のイスタンブール空港での再会
を祝し大きなグラスになみなみと注いだビールで乾杯
通常　イラクではアルコールは買えず飲めない

三日

朝　三時十分イスタンブール発
六時三十分バグダッド国際空港着

空港の閑散とした入管審査場の片隅
には入国できない者たちが十数人固まっている

見ていると空港職員の誰にも咎められず
Tシャツにジパン　ゴム草履で入国ゲート
を入ってきた男が主催者のアリだが
彼はどういう力を持っているのか
我々のパスポートを持って何処かに消えた

ドイツ・イラン・イギリス・日本に
ギリシア・アルゼンチンからの二人の女性詩人

の計六人の招待詩人たちと待つこと二十分
戻ってきたアリから手渡されたパスポート
には初めて見るイラクのビザが貼られていた

日本外務省が最大危険区域のレッド・ゾーン
に指定して危険勧告していたバグダッド国際空港
の駐車場からバビロンまで用意された車
に旅行鞄を積み　磨かれたカラシニコフを横に置いた
ボディガードが運転するトヨタの白のランドクルーザー
の扉は防弾ガラスと鉛板とで補強され重い

動き出した車はすぐに出口で検問
空港からの国道は草木も見えない平坦な荒地
検問で次から次へと車が停められ

車内やトランクの荷物まで拡げさせ長い車列
しかし　運転手が小さな白いカードを見せると
拳銃に手をかけた警備兵は即座に敬礼し通過
カードの威力が二度三度と度重なる
と水戸黄門の印籠を思い出し
カードを見せてもらうと白地にＶＶＩＰと書かれているだけ

昨年　招待されたコロンビアの詩人が
この草木も生えていない荒れた大地にカメラ
を向けただけで警察に三時間拘束されたとか
このなにも無い場所に何が隠されているのか
イラク！　この国の大地は悲しみに満ちていて

風景を眺めているだけで感傷的になるのは初めて

イラク戦争開戦の夜
大量の爆弾が炸裂し緑色の閃光
がテレビ画面の中に映し出され
バグダッド国際空港付近が空爆されています!
とテレビのアナウンサーの悲鳴に似た聲

この荒涼とした大地に期限切れ間近の大量の爆弾
を消費してアメリカの軍産体制を維持し　国を破壊し
独裁者を葬り去り　石油を略奪するための戦争に
イラクの無辜の民たちはどれだけ無為な命を失ったのか

車はバグダッド市内に入らず一時間余りでバビロン到着

右手に見えるイシュタール門
は紀元前五百七十五年ネブカドネザル二世
によって建設された建造物のレプリカ
本物はドイツ・ベルリンのペルガモン博物館に

近くの粗末な検問所を通過して着いた
建物はフセイン元大統領の夏の避暑用の建物
バビロンハウスの入り口で
若い警備兵から鍵を受けとり内に入った

一階はテレビでもみたフセイン元大統領の会見場
二階の回廊に四室　その一室を与えられ荷物を置いた
タイル張りの浴室はシャワーと水洗トイレだけ
部屋のベッドに身を置くと変な沈み

マットを持ち上げると床板に大きな穴
本当にこれが贅を尽くしたフセインの来客用の客室なのか

四日
午前十一時から展覧会の会場になる
ユーフラテス川縁に在る小さな学校
でトビアス夫妻の協力で三十三点の字の作品
を壁に直に止め　展覧会の準備はすべて終えた

昼食後の昼寝のあと　リーディングの会場へ
水の流れを背景にユーフラテス川縁にしつらえた会場
は何故か新鮮で聲を撃ち込むことを
楽しみにしていたがマイクの調子が悪く
急遽　学校内の内庭に変更

アリがアラビア語に訳してくれた
三つの詩を肉聲でバビロンの宙に
初めて日本語で撃ち込んだ

電気のコピー音に慣れている参加詩人たち
も肉聲の響きの大きさに驚いた
のかその後の接する態度が豹変

夜　ギリシアの女性詩人と共に
アリから　とトビアスが海外では使用できない
紙幣で十万クロデュールを手渡してくれた

五日
朝からバビロンの旧市内の古い建物
の中に在る修復中のアリのオフィス
へバビロン警察署長自ら御案内
途中　何度もバスは停められたが
署長が同乗していることを知り
停止を命じた警察官は驚くだけ

日本政府・外務省領事局邦人テロ対策室
もこの第二回バビロン国際文化・芸術詩祭
ではバビロン地域を統括する警察署長
が自ら参加して警備を陣頭指揮
会場周辺には数台のパトカーを常駐
させ安全を確保していることは知らない
バグダッドの日本大使館も祖国の詩人が参加している

このフェスティバルには関心も興味も無い

旧バビロン市内を歩くと

ここが旧バビロン市内
と案内されて低い家屋が列なる狭い路地
の水溜りを避けながら歩いて行く
と一軒の朽ちた門の前で案内人は立ち止る

古代の浴場跡

壊れかけた木の扉を押して中に入る
と天井の破れた穴に蜘蛛の巣があり
狭い家屋の崩れたレンガの窪地
の中で何かが動く気配

それは動物ではなくヒト
ここは身動きした粗末な衣服を纏った
男の寝床なのか
危険が無いと察したのか
寝返るとまた静かになった

宿舎のバビロンハウスの客室
で休んでいると突然　携帯電話が鳴った

外務省領事局邦人テロ対策室のＡです
突然で申し訳ありませんが
この電話代はご負担いただくことに為ります
が宜しくお願いします
ブログで拝見して出国されたこと
を知りましたがご無事ですか
近くバグダットの日本大使館から
安否確認の連絡がいきますので宜しくお願いします

休息後　署長の案内でトビアス夫妻・ギリシア・イラン
の詩人と共にボディガード付でバザールに

並べられ売られている品物は質が悪く
アメリカの経済封鎖が影響している
のか日本製品は何処にも無い
再び　でこぼこの来た道をアリのオフィスに戻る

昼食のあと　昼寝しすぎて起こされ
リーディングの会場へとバスで向かう
昨日の野外と同じように始まり　お茶の時間
は校内の中庭に　会場が再び移されて再開

展示していたドラゴン二点が壁から外れ落ち
版画作品が一点　壁から消えていた

ラジオ・インタビューをしてくれた十五歳の可愛い少女
からヨナは香水　わたしは腕時計を贈られた

夜　今日　着いたトルコの詩人
がイスタンブール国際詩祭の主催者
で話が弾み　今年九月に開催予定
の第六回イスタンブール国際詩祭に招待が決まりそうだ
同席していたギリシアの詩人も野外劇場を捜してくれるとか

六日
午前中　フセインが虐殺した村民たち
が眠る墓場 Borsippa に参加詩人全員

でバスに乗って追悼に行き　その後　古代の遺跡に行く
この遺跡を毎日眺めていて　これがもしかしたら
「バベルの塔」跡ではないか　と直識

ニムロデの塔跡に

平原の中央
天空に屹立する朽ちた塔へ向かう砂利道
を無言で登る世界から招かれた詩人たち

八方に遮るものはない
この七千年の時を経た塔の跡に立ち
思い思いに詩人たちは聲を撃った
が何に遮られているのか誰の聲も通らない

わたしの肉体は　立つ場を決められず
八方へ聲を撃ちながら　一つの聲の道を見つけた

バビロン　紀元前五千年
この穴だらけの岩
このニムロデの塔の跡の地底
から放たれている強い磁場は
エジプトのギザのピラミッド
メキシコの月のピラミッドの天頂

ペルーのマチュピチュ　太陽の神殿のインティワタナ
大和の三輪山山頂
対馬の和多都美神社・海中の一の鳥居
などで体が受けた波動はこの場より弱いのだ

眼下にはバビロンの詩人たちや
警護の者たちが見え
地元の詩人アリの
キッキ　マニトウ
キッキ　マニトウ！　と
招く聲が風の流れに乗って
途切れ途切れに届いてくるが
誰も聲の返礼ができずにいる

キッキ　マニトウ！

アメリカ先住民族アルゴンクィン族の大神
生命の父であり　他者によって創られたものではない
長《オサ》の名　キッキ　マニトウ！

ここイラクに侵攻し独裁者は潰したが
古代・バビロンの長
ネブカドネザル王の大地から
弾き飛ばされたアメリカに代わり
今　極東から独り招かれた詩人

両の手を後ろに
聲を眼下の塊に向かって
長の中のオサ

キッキ　マニトウ！　と撃ち込み始めると
このニムロデの塔から初めて
キッキ　マニトウが
風に乗り飛んで行く
キッキ　マニトウ！

突如　平原の八方から砂煙が舞い上がり
警備車がけたたましく猛スピードで
この塔へ向かってくる
地中から湧き出てくるもの
それはバビロンの捕囚たちか

磬を撃ち終えた塔跡から下りると
警察車両と警察官とが　多数集まっていた

レストランで昼食後別のバザールにトビアス夫妻
とポーランドの詩人の四人にボディガード二名
の六人で買い物に行くが　やはり品不足で粗末
結局　五千デューローで　何故か adidas のサンダルを一足購入

七日
朝　パスポートを受け取り

初めてバグダッドのバビロンハウスに到着
入り口の扉の隅に立て掛けてある
カラシニコフを持つと重いのに驚く
内庭に並べられた椅子に関係者が座り始めた
近くの家々の入り口に立つ男たちの手にはライフル銃

緊張した雰囲気のなかでのポエトリーリーディング
の最後に一篇だけ初めてバグダッドの宙
に日本語で聲を撃ち込んだ

その後　ユーフラテス川縁に在るホテル・イシュタールの周囲
を黒地に白くPOLICEと書かれたジープがゆっくり巡回中
以前　ロケット弾が撃ち込まれアメリカの特派員
が暗殺された時の硝煙の跡が鯉を焼いて食べる料理

「マスグーフ」で有名なレストランからもハッキリ見えた

野外の薄暗い灯りの下でアリ夫妻を中心に　十人余り
各自一匹の背開きされ　焼かれた大きな鯉
骨が太く　気をつけながら綺麗に食べ尽くす
が飲み物はコカ・コーラかセブン・アップのみ

食後　アリのバグダッドの警備が厳重な地域の家
にトビアス夫妻と訪れ宿泊するが
イラクの蚊に悩まされてよく眠れなかった

八日
昼過ぎにバグダッドを出発
三時ごろ　バビロンのバビロンハウスに着き

四百人は入る大きな食堂で遅めの昼食を数人で会食
この場は土・日に結婚披露宴やパーティー・演奏会
などに貸し出しているとか
食後　休む間もなく展覧会場へ向かう

バビロンへの道

今　此処に居るわたしは誰なのか
誰にも分からない

自分が日本人と信じていても
まわりの誰も　わたしが自分で
言わない限り彼ら警備兵も
わたしを日本人とは見ていない

ならわたしは誰なのか

隣に座っているクルド人の女性詩人
はわたしが居たから停止を命じられた
と検問所の中で話し合っている
運転手をガラス越しに見ながら言う
彼女も自分からクルド人と言わなければ
わたしには見分けられない

イラク人の彼らには
イラク人とクルド人との違いを見分けられるのか
もし分かるなら見分け方を教えて欲しい

車に戻ってきた若い運転手の呟く
アラビア語はわたしには何も理解できない

アラビア語を話すこと
も聞き取り　書くこと
も出来ないわたしはただひとりのヒト

今　ここはバビロン市内
の幹線道路上の車の中

毎日　展覧会会場に向かう道
で今日はひとりの大柄で横柄な態度
の警備兵に車を停止させられたのだ

検問所の三人の警官の中であの大柄な男
だけが怒鳴っているのが口の動かし方で分かる
なぜ彼が怒っているのかは解らない

また戻ってきた運転手
は困惑した表情で誰かと携帯電話で話し始めた

十分経った
隣りを通過して行く汚れた自動車
の車中から停止させられている
わたしたちに棘のある視線を投げかけて行く

わたしたちは何をしたと言うのだ
わたしたちは犯罪者では無い

車中に重いカラシニコフは見当たらない

運転手は話し終わると　自動車から
降りてまた検問所に向かう

口が激しく動くあの警備兵
はわたしたちを指さしてまた怒鳴っている

鞄の中にはパスポートもコピーもない
頭を抱えてうずくまったままのクルドの女性詩人

サイレンを鳴らした車が我々の車の前に停まった

降りて来た二人の私服姿の男の階級
が上なのか大柄な警備兵の態度が豹変し
解放された運転手が微笑みながら戻ってきた
田舎出の兵士が偉ぶってみせただけ
ヒトの振る舞いは
国籍　宗教　人種　言語　性別　国境
時代を超えて世界は　何処でも同じ

学校の中庭で講演を二つ聞き　バビロンハウスに帰還
巨大な食堂でひっそりと詩祭関係者だけで夕食
飲み物はコカ・コーラかセブン・アップ
このバビロンハウスで働いている者はすべて若い男性
で女性の姿は会期中一度も見ていない

九日
八時に出発し会場に向かいテレビクルー
が来る前に作品を貼り直す積りが
会場に行くと既に　テレビクルーの準備は終わっていた

スペイン語からドイツ語　それをアラビア語に通訳
しての奇妙なインタビューが終わった後は
数人で近くのレストランでシシカバブーを食べる
テレビを見た客が面白いインタビューだった

と微笑みながら話しかけてくる

スークで石鹸を六個（一個千デューロ）
メガネを三千デューローで買い宿舎に
三時半にバスのところに行くが
イギリスの音楽史家リチャードだけ

夜は会場の周囲の道路を　パトカーで遮断した講演会を聴き
野外でスクリーンを空中に張り　星空の下で映画を見る

十日
朝十時　朝食後　トビアスの友人が迎えにきて
別のスークを見に行く前に　バビロンの喫茶店に初めて入り
紅茶を飲みながら　目の前の壊れかかった木橋を眺める

バビロンスーク（市場）にて

すれ違い群れ集う人たち
が交わす乾いたアラビア語
が響き　飛び交うスークに入るには
橋の手前に在る検問所
の厳しい手荷物検査
を通過しなければならない

手に袋を持った多くの黒衣の女たち
が行きかう朽ちた木の平板を並べただけ
欄干も無い粗末な古い橋

橋上に置かれた数個の洗面器に張られた水の中
に口をパクパクしている鯉たちを見やりながら
川幅の狭いユーフラテス川を渡る

どの時代の征服者にも支配されず
悠久からどれほどおびただしい血
や遺体などを流し去ってきたのか

足元の穴から速い流れの中に
舞う川藻たちを見続けながら

メソポタミアの水の翁を捜す

市場で顔見知りの骨董屋と出会い
三つ折りのステッキを三万デューロー
石鹸一個　千デューロー　調味料を一万デューロー
手製の包丁を二千デューローで買うが
まったく切れないオモチャの包丁
を何故買ったのかは今でも謎

その後　トビアスの友人宅の庭で
鯉の焼き料理を頂く

同席したのは有名なイラクの詩人ムスタフ
明日の最終日には彼も聲を撃つ！
友人の兄の画家の家に行き作品を拝見

五時過ぎに会場に行き　作品を壁から外し
撤収が終わるころ　一人の女性が可愛い女の子を連れて来た
娘が貴方を好きになって一緒の記念写真
をとせがむので撮らせて欲しいと
その記念の二人の写真は
今でもわたしのＦＢの写真欄で見れる

予想通り　紙だけの展示で作品は痛んだが
今後　海外への作品の搬送や展示の方法は学べた

十一日
朝九時過ぎに朝食後　トビアス夫妻と歩いて
近くのイシュタール門内に在る
古代バビロン王国の遺跡を見に行く
フセイン存命中にはヨーロッパから観光客
が年間三万人余訪れたが　今は我々三人だけ

今　イラクは古代バビロン王国の復活
に向けて発掘と修復を続けていて
至る所に足場が組まれ作業は行われていた

残された頭の無いライオンの石像に触ると
四千年前の古代バビロン王国
の輝かしい栄光の一端にふれた気がした

レンガを積み重ねてレリーフの動物たち
も甦りつつあり　ドラゴンともここでご対面！
二〇一九年七月　ユネスコはバビロンを正式に世界遺産に登録した

近くに「バベルの塔」跡があることを知り
やってきた車をオートストップして
「バベルの塔」跡を目指す
何ということはない　米軍が作って
打ち捨てた粗末な検問所の直ぐ脇に在った

車を降り　運転して　案内してくれている男
の後に従って　三分ほど歩くと低い丘があり
その先の水に囲まれている小高い丘が

「バベルの塔」跡だというのだ
以前　ギリシアでトロイの遺跡を見た瞬間
違うと感じた時と同じ感覚が蘇ってきた

異聞バベルの塔　――初メニ聲アリキ――

見渡す限り地平線まで
好きなだけ風が吹き抜け
ただ天と地とを望める大地

建造中の塔の中には
何処の国の言葉なのか
一度も聴いたことのない
色々な聲とコトバとが
響き合い　入り混じり聴こえてくるが
意味は分かりあえるのだ

この塔を
天上に届け　追い越せ
とだれに命じられたことかは
もう誰にも分らない

熱心に積み上げているのは　熱い想いの魂か

古代からの天空への憧れが
命じていることなのか

天頂部が雲の上に隠れても
多くの働く人たちの聲は聞こえて来る

塔の十三階の窓から
下を望めば地上のいたるところに
どれだけの者たちが
動き回り　働いていることか

或る日　若い二人の修道僧が
宙に向って撃ち込んだ強い聲
が塔の崩壊の原因
その若い修道僧のひとりこそ

お前なのだと老いた見知らぬ男が
厳かにわたしを指さして告げた

今世は　この危うい水の惑星に在る
多くの過去からの伝承の聖地を訪れ
宙と地とに向って世界の人々が安らいで
自由に意思の疎通が出来ることを願い
聲を撃ち込み続け
祈念して来たのではないか

お前は未だ自分の聲の本当の力を知らない

アメリカ・ケネディ・センター
パフォーミング・アーツ部門の専門家
ジリアン・プール女史が

初めてお前の聲を聴いた後に
UNIVERSAL　VOICE®と命名し

アフリカ・マリ・バンディアガラ断崖の上に住む
シリウス星雲と繋がるドゴン族の長老たちが
お前の聲のコトバを完全に理解したと仲間
のアフリカ・モロニの詩人たちに伝えたではないか

繰り返していうが　この星の聖地に
今まで撃ち込み続けてきたすべての聲を一堂に集め
話される様々なすべてのコトバ
を誰の助けも借りず分かり合えること
を願って来たのではないのか
と話す男のコトバを黙って聞いているわたし

もちろん「バベルの塔」はブリューゲル
が描いた絵画のイメージに大きく影響されていたが
しかし　この場所は余りにも貧弱なのだ
疲れたので四時まで昼寝

今夜は第二回バビロン国際芸術・文化詩祭の最終日
会場は古代の野外劇場
参加詩人たち全員　聲を撃ち込むのが楽しみ！
しかし思うようにいかなかった
アーオーウーエーイーと三度　聲を撃ち込んだ瞬間
突然　沸き起こった拍手が　劇場全体に響き

聲のラインが消され思うように聲を撃ち込めない
う〜ん　国際詩祭は何回参加しても難しいね
しかし　イラクの有名詩人とエジプトの詩人
と小生の三人が　九月末の第六回イスタンブール国際詩祭
への招待が決まった（その後　この詩祭はトルコの政変の為中止）

十二日
朝五時半にアリが来る筈が　六時十分に着くと同時
に空港に向けて出発
VVIPのカードのおかげで　検問で一度も停止されずに通過

空港へ向かう途中の見渡す限りの荒地
を同乗のイラク人が指さして
あそこでフセインが逮捕されたと言った
がその場所は日本で報道された場所ではない

八時二十分に空港到着
ところが濃霧のため飛べずにキャンセルに
午後四時二十分発　アンカラ経由でイスタンブールへ
ホテルが決まったのは夜の十時五十分

GUNES HOTEL にトビアス夫妻と荷物を置き
直ちに地下鉄でトルコの詩人との約束の場
魚通りにあるレストランに行くとすでに仲間
のイタリアの若い詩人とドキュメンタリー映像作家
場所を変えて食べ終わると二人と別れ
トルコの詩人とトビアス夫妻の四人でビールを飲み
イスタンブールの旧市街を歩く
既に午前二時を過ぎているのに
多くの人が歩いていて賑やかな懐かしい街並

はパリのサン・ミッシェル街を想い出す

この歴史ある街の底知れぬエネルギーには
夜　電車も地下鉄も運行停止
深夜の空港は　騒音防止のため閉鎖の東京
ではオリンピック開催の戦いでイスタンブール
には到底太刀打ちできない

十三日
朝九時四十分　食堂で朝食を食べている
とトビアス夫妻がやってくる
朝食後　午後一時半まで眠ることにする
二時　迎えのバスが二十分過ぎに来て　すぐに空港に
道が混んでいてトビアス夫妻はぎりぎりに空港着

間に合っただろうか?
三時半から空港内の THE GREEN PORT
で念願の冷えたビールをひとりで飲みながら

イラク・バグダッド・バビロンに滞在中の十日間
自爆テロも爆破事件も一切起こらない
日本大使館からはパスポート番号を教えろ
との電話が一回あるだけで日本大使館員
の誰一人も展覧会の最終日
までに姿を見せなかったことを思い出していた

十四日
十時十三分成田空港着
手頃な時間にバスが無いので　成田エクスプレス

十一時四五分発の池袋行きに乗り無事に帰宅

帰国してからイラクでは
二週間で百人以上が自爆テロで亡くなった

アリが今の在日イラク大使は自分の友人
だから第二回バビロン芸術文化・国際詩祭の資料
を渡してくれとの依頼で渋谷に在るイラク大使館を訪問
応対に出てくれた方は電話で話した女性

大使は今　休暇を取って帰国中です

預かった資料を渡しながらバビロンハウスに滞在
したと言うと　わたしは一度も入ったことがないと言う

もしかするとバグダッドの日本大使館員
もバビロンハウスのことは知らないのではないか

二〇一八年十二月　テレビで初めて明かされた
アメリカのイラク侵略の切っ掛け
は暗号名「カーブボール」の偽情報

イラクは大量破壊兵器を製造している　との情報
の裏を取らず　信じこんだCIA上層部や政府高官たち
の判断で戦争に突っ走り　独裁者を追放すること
は出来たが無辜のイラク国民を多数殺害し　国を壊し
石油資源を略奪した狂気のアメリカ制民主主義
武力だけでは解決できないことが有ることを知らない

御霊《ミタマ》替え

イラク戦争に参戦した日本
政府の命令でイラクに駐屯した自衛隊員
は無事に帰国できたが
イラク人のミタマと入れ替わり
日本の湿った風土と習慣
とに合わなくなった隊員たち

は晩酌で必ず飲んでいたアルコール
を一切求めず紅茶を飲み

夜の営みにも戸惑いが増え不信感が増し
駐屯した隊員の離婚と自殺者が多い
のは彼らの魂はイラク人に御霊替え

武力を誇って無闇に他国に侵攻すると
御霊替えが行われることを
歴史の浅い大国の指導者たち
や多くの国民たちには分からない

この戦争は日本にとって何のための戦いだったのか

アメリカが二〇〇三年三月二十日
「イラクへの自由作戦」の名の下に
イラクに侵攻したイラク戦争
はアメリカが持参金だけで自衛隊が参戦
しない日本を促すため十一月二十九日
イラクで二人の日本人外交官を射殺した
と噂されたが未だに犯人は検挙されていない

アメリカの言いなりの情報で
独自の情報収集能力を持たない日本

イギリス政府の「イラク調査委員会」（通称チルコット委員会）
は二〇一六年八月に二百六〇万語
の「イラク戦争検証報告書」を公表した

イラク・イラン戦争以後の二十年余り
バビロンで字の個展と日本語の詩を
肉聲で撃ち込んだ初めての日本の詩人
は詩人同志の約束を無事に果たし
日本とイラクとの友好のために新しい道を拓いた
が日本政府の正式な検証報告
は今日　現在　未だに公表されていない

ワーヲーウーヱーヰー
ワーヲーウーヱーヰー
ワーヲーウーヱーヰー

著作一覧

詩集

『玄象の世界』天童匡史　装画：森下慶三　永井出版企画　一九八一年・一九八二年

『即興朗唱詩　大神　キッキ・マニトウの世界（草稿詩篇Ⅰ・Ⅱ）』天童匡史　北十字社　一九八四年

『エズラ・パウンドの碧い指環』北十字舎　一九九五年

『即興朗唱詩集　大神　キッキ・マニトウ』（一部仏訳）北十字舎　一九九七年

『玄象の世界抄』（スペイン語訳付）北十字舎　一九九七年

『Rosso di Maggio（赤い五月）』（日本語訳付）Edition Servenini（ミラノ・イタリア）一九九九年

『EL VIENTO DE DAKAR（1978-2005）ダカールの風』（日本語訳付）（Traducido al español por Jona y Tobias Burghardt）白凰社　二〇〇六年

『長編詩ピコ・デ・ヨーロッパの雪』「詩人の聲叢書」第一巻　響文社　二〇一五年

『VθEME®』「Le livre d' argile」叢書　第二十巻（陶芸家 Marie-José ARMANDO と詩人 Jean-Claude Villain との共同制作の陶板詩集）二〇一九年

編著

『北の鳥のいる書票集』大島龍著　天童匡史編集人　書肆ひやね　一九八四年
稲葉真弓選詩集『さようなら　は、やめときましょう』「詩人の聲叢書」第六巻　編集：天童大人・
神泉薫　響文社　二〇一九年

翻訳

『ロルカ・ダリ　裏切られた友情』（アントニーナ・ロドリーゴ著、山内政子・天童匡史・小島素子
訳　六興出版　一九八六年

翻訳詩集

フランス語撰詩集『LA VOIX DE LA TOUR (POÈMES SELECTIONNÉS) 一九七八－
二〇〇一』（Traducteur Akira Ezawa）Edition privée　二〇〇二・二〇〇三年
英文撰詩集『The Wind of Dakar, -Selected Poems- 一九七五－二〇〇五』（Translated by Stephen
Comee）Private edition　二〇〇五年
英文撰詩集『On One Kind of "Truth" Selected Poems 1979~2006』（Translated by Stephen Comee）
Private edition　二〇〇七年
英文撰詩集『Refugee Island -Selectes Poems （一九八五－二〇一四）』（Translated by Stephen
Comee）北十字舎　二〇一四年

アンソロジー集

冊子『北ノ朗唱』（吉原幸子・吉増剛造・天童匡史・熊代弘法・大島龍・藤田民子　協力：ＴＤＫ
東亜国内航空）一九八四年

『PROMETEO 47-48. Memorias del VII Festival Internacional de Poesía de Medellín』一九九七年

『Encontros de Talábriga, 3º Festival internacional de Poesia de Aveiro』二〇〇一年

『Poesie und Kunst 4, Internationales Festival al-Mutanabbi der Poesie』二〇〇四年

『ANTHOLOGIE PAROLES PARTAGÉES』（Dakar, Senegal）二〇〇五年

『Yapanchitra』（Kolkata, India）二〇〇六年

『Avoir vingt ans』（meeting No.5, Saint-Nazaire, France）二〇〇七年

『tokyo/luanda』（revue bilingue No.11, Saint-Nazaire, France）二〇〇七年

『詩のアンソロジー』（国際ペン東京大会二〇一〇記念・社団法人日本ペンクラブ）二〇一〇年

『韓中日　詩選集』（韓国）二〇一七年

『韓中日　記念文集』（韓国）二〇一七年

『DHAKA ANTHOLOGY OF WORLD POETRY 2018』（Adorn Dhaka）二〇一八年

『Peace for Afrin, Peace for Kurdistan』二〇一九年

写真集

『DANA』（写真撮影：天童大人・小島光晴、国際教育学院文化事業部刊）一九九一年

オリジナル版画集（全十二巻）

『TERZINA VIII -ŌHDŌBI-』（Edizioni D'Arte Severgnini）（ミラノ・イタリア）限定一二〇部
一九九七年）

『Letter Scape®』（Edizioni D'Arte SEVERGNINI）（ミラノ・イタリア）限定五十六部　二〇〇〇年）

ポートフォリオ

『Letter Scape®』（Edizioni D'Arte Severgnini）（ミラノ・イタリア）二〇〇一年

CD

『UNIVERSAL VOICE®』レユニオンの女性詩人 Anie Darencuere と　北十字舎 二〇〇四年

『ピコ・デ・ヨーロッパの雪』瀧林書房　二〇二〇年

VIDEO

字・聲集『天童大人（三童人）字・聲・身体の三位一体による大神・キッキ マニトウの世界』 キャマラード・キグネウス 一九八九年

映画出演

「修羅の帝王」（高橋伴明監督作品） 一九九四年
「セラフィムの夜」（高橋伴明監督作品） 一九九五年

校歌作詞

愛知県 春日井市立丸田小学校 二〇〇三年

テレビ

土曜インタビュー「北ノ朗唱」（ＮＨＫ総合） 一九八七年二月二十八日

Film

『Le GUETTEUR -Voyage avec Tendo Taijin Poète improbable』Poème filmé d' Aymeric de Valon
二〇〇九年 五十分

他に朗唱公演、聲ノ奉納 in 対馬・和多都美神社、詩人の聲、VθEME®、字展、美術評、国際詩祭、クリスタル・スィング・ボール公演など。

TendoTaijin (Poet · Reciter · Calligrapher) VΘEME®

Born in 1944 in Otaru-city, Japan.
His published collections include: *A World of Illusion* (1981), *The Azure Ring of Ezra Pound* (1995), *Great God, Kitchee Manitou* (1997), *Rosso di Maggio* (1999), *The Wind of Dakar* (2005), *The Snow of Picos de Europa* (2015).
In July 1990, he attended a master class with Galina Vishnevskaya in Salzburg.
In March 2002, he held a solo voice performance at the Arena de Verona, Italy.
Since October 2006, he has produced 1,910 poetry performances in his Art performance project titled « Projet La Voix des Poètes » in Tokyo, Japan.
A member of the International Poetry Association of Africa since 2000, at present he is active in reviving the recitation of poetry and participates in festivals around the world, in such places as: Argentina (Buenos Aires, Rosario); Bangladesh (Dhaka); Benin (Cotonou); Colombia (Medellín); Cuba (Havana, Matanzas); France (Saint-Nazaire); Iran (Abadan, Tehran); Iraq (Babylon, Baghdad); Italy (Genoa, Florence, Pistoia, Verona); Madagascar (Antanabarivo); Mali (Bamako, Dogon); Mauritius (Port Louis); New Zealand (Wellington); Portugal (Aveiro); Réunion (Saint-Denis); Senegal (Dakar, Saint-Louis); South Korea (Pyeongchang, Seoul); Switzerland (Zurich); U.S.A. (Seattle, WA); Venezuela (Caracas); Kosova(Rahovec) etc.
Since 1990, each year he re-dedicates his voice to the god of the sea at Watazumi Shrine(Nagasaki-ken). He is presently a member of the Pen Club of Japan, and is renowned all over the world as a writer and reciter of poetry, a calligrapher, and an art critic.

Contact:

Tendo Taijin (Poet · Reciter · Calligrapher) / VΘEME®
2-61-1-603, Den-enchofu, Oota-ku, Tokyo 145-0071, JAPAN
Tel: (+81) 3-6459-7611 · Fax: (+81) 3-6459-7647
Mobile phone: (+81) 90-3696-7098
E-mail: tendotaijinbureau@mbi.nifty.com
URL: http//universalvoice.air-nifty.com/
URL:http//www.fekt.org/tendo-taijin/
Facebook: tendotaijin
Twitter: @Tendo Taijin

長編詩《ちょうへんし》　バビロン詩《し》編《へん》

二〇二〇年一一月一一日　発行

著　者　天童《てんどう》　大人《たいじん》
発行者　知念　明子
発行所　七　月　堂
〒一五六―〇〇四三　東京都世田谷区松原二―二六―六
電話　〇三―三三二五―五七一七
FAX　〇三―三三二五―五七三一

印　刷　タイヨー美術印刷
製　本　井関製本
箔押し　イシカワ文明堂

Printed in Japan
ISBN 978-4-87944-427-1　C0092
乱丁本・落丁本はお取り替えいたします。